VISIONS DE GUERRE

FERNAND BÉRARD

Visions de Guerre

POÈMES

Couronnés par la

Société Havraise d'Études Diverses

(Prix Folloppe, 1918)

et par la

Société libre d'Emulation du Commerce et de l'Industrie de la Seine-Inférieure

(Prix Gossier, 1920)

E DELAHAYE — LE HAVRE

PREMIÈRE PARTIE

Glanes dans l'Epopée

(PRIX GOSSIER, 1920)

Le Guetteur au Créneau

C'est la nuit. Dans la boue, on écoute, on attend.
L'éclair d'une fusée illumine les ombres.
Puis, tout s'éteint : le ciel reprend ses teintes sombres.
Au créneau, le guetteur réfléchit, hésitant....

Un sifflement bizarre évoque, à chaque instant,
La Mort, qui, là, tout près, plane sur les décombres :
C'est la balle, qui passe.... O Jeunesse, tu sombres
Sous sa froide caresse, et tu chantes, pourtant !...

La bise souffle. Il pleut. Dans les trous, on frissonne ;
Mais on n'y pense plus : à la Guerre, personne
N'a le droit de se plaindre, et doit savoir souffrir !...

Rappelant le Soldat du tableau de Detaille,
Qui rêve de tomber sur le champ de bataille,
Le guetteur, au créneau, se prépare à mourir !

Ceux de Verdun !

Lorsque nous serons morts, et que, dans cinquante ans,
Nos fils diront l'histoire à leurs petits-enfants,
Parmi tant de récits auréolés de gloire,
Tant de contes guerriers où vole la victoire,
S'il en est des milliers, dont les accents vainqueurs
Fassent, d'un noble orgueil, battre ces jeunes cœurs,
L'un d'eux est beau ; plus beau que les plus beaux faits d'armes,
Si beau que sous leurs cils, perleront quelques larmes
Non pas même un récit, mais bien plutôt un chant,
Sublime d'allégresse, et grave, si touchant,
Que ces petits, malgré leur extrême jeunesse,
Et bien que le sujet soit rempli de tristesse,
S'en souviendront toujours.... Longtemps après, plus d'un
En songe, reverra les Héros de Verdun !...

⁂

C'est à Verdun, là-bas, où les flots de la Meuse
Reflètent les sapins, dont la brise berceuse
Agite les sommets de légers tremblements,
C'est à Verdun la Fière, où les feux de sarments
S'allument dans la nuit, quand, le soir, un vieux pâtre,
En gardant son troupeau, rêve, loin de son âtre,

C'est à Verdun, c'est là, que, durant de longs mois,
La France aura frémi, souffert, comme, autrefois,
Souffraient et frémissaient ceux qui savaient se battre,
Sans jamais reculer, ni se laisser abattre....

⁂

« Verdun, diront les vieux, Verdun, ce fut l'Enfer :
Un enfer effroyable, où s'abattait le fer,
Où crachait la mitraille, où le canon, sans trêve,
Tonnait dans les vallons, où la crécelle brève
Des sinistres engins claquait d'un bruit strident,
Où chaque pas franchi restait au plus ardent,
Où, dans les bois meurtris, où dans la morne plaine,
La faux en main, la Mort planait en souveraine.... »
....
Et tous ces chérubins n'oublieront jamais plus
Ce qu'auront fait, là-bas, leurs aînés, les « Poilus »,
Des Soldats de l'An Deux, émules magnifiques,
Ces géants d'un autre âge, aux âmes héroïques !...

" Kultur "

La Kultur allemande a dit à ses esclaves :
« Ceux-là seuls qui seront puissants seront des braves.
La Justice, et le Droit, et l'Honneur, sont des mots
Qui ne veulent rien dire, excepté chez les sots.
Nous ne connaissons, nous, Fils de la Germanie,
Que la Loi du plus Fort : honni soit qui la nie !
Lorsque vous le voudrez, les Peuples apprendront
Qu'il faut, sous la férule, incliner bas le front.
Partout, montrez-vous donc dignes de la Patrie
Qui créa cette belle et noble théorie.
Le pillage, et le meurtre, et les autres méfaits,
Condamnables ailleurs, chez nous, sont des hauts-faits ;
Et si vous fléchissez, si votre âme est meurtrie,
La Guerre expliquant tout, même la Barbarie,
N'hésitez plus : sachez, qu'en dépit des barbons
Qui prêchent la Vertu, tous les moyens sont bons,
Même les plus mauvais, même les plus féroces,
Ceux qui laissent rêveurs, ou ceux qui sont atroces.
Faites la sourde oreille aux supplications,
Et que l'Intérêt, seul, guide vos actions.
Si vous avez promis, tenez votre promesse,
— Un roi l'a déclaré : Paris vaut une messe !
— A moins que votre échine, à temps sachant plier,
Vous puissiez obtenir, sans bourse délier :
La façon d'acquérir est toujours accessoire,
Quand l'acquisition n'a rien.... de dérisoire !

Et frappez, frappez fort, lorsque vous saurez bien,
Qu'à vos coups répétés, l'on ne répondra rien ;
Quand vous vous trouverez en face la Vieillesse,
La Femme sans défense, ou la frêle Jeunesse !
Quant au culte du Beau, du Sublime, de l'Art,
Sachez qu'il est chez nous, et non pas autre part ;
Nos vieux burgs allemands, nos grandes cathédrales,
Toujours, doivent rester à l'abri des Vandales ;
Mais chez nos ennemis, châteaux et monuments
Ne sont pas à l'abri d'un bon feu de sarments.
Souvenez-vous, ô Preux, des illustres ancêtres,
Qui, tous, vous ont légué leurs allures de reîtres,
Ces Fils d'Odin, ces Huns, au nom seul plein d'horreur,
Dont l'aspect repoussant inspirait la terreur :
Avides de massacres, amoureux de la Guerre,
Comme ils furent, soyez les Fléaux de la Terre !...

L'Alouette, Oiseau de France

L'alouette des champs, tire lire lirette,
S'envole à tire-d'aile, en tirelirettant.
Elle siffle, au ciel bleu, sa troublante bluette ;
Et sa lyre, en délire, entonne un joli chant ...

Elle file, tout droit, là-haut, comme une flèche ;
Et le frou-frou fripé de son brusque départ
Crisse, avec un clic-clac, comme une feuille sèche,
Qu'on froisse entre les doigts et qu'on jette à l'écart....

Au soleil qui l'attire, elle apporte de l'ombre ;
Bientôt elle n'est plus qu'un tout petit point noir ;
Son aile, tout là-bas, est de moins en moins sombre ;
Tout s'effrite, s'efface : on ne peut plus la voir.

Mais le doux gazouillis se fait toujours entendre
Au travers cet air pur, qui le rend plus vibrant.
C'est l'Infini qui chante : et la voix est plus tendre,
Car elle emplit l'espace, et prie au firmament....

L'alouette des champs, c'est l'oiseau de la France,
Symbole de courage, et de franche gaîté.
Son tire lire lire est un cri d'espérance
Elle offre au dieu Phœbus, les moissons de l'été.

Elle est la jeune sœur, la sœurette cadette
Du vieux coq de la Gaule, aux ergots redoutés :
Et lorsque celui-ci dresse, au soleil, sa crête,
Elle en fixe les feux de ses yeux veloutés.

Salut, fière alouette, ô fidèle compagne
De l'humble laboureur ! Dans ton vol radieux,
Tout mon être te suit, mon esprit t'accompagne,
Et mon âme, avec toi, s'élève jusqu'aux cieux....

Puis quand tu reviendras sur la terre, où la Haine
A semé la discorde, où le sombre épervier
Pourchasse la colombe, alouette, ramène
De la voûte céleste, un rameau d'olivier....

Messagère de Paix, tu diras : « Que la Guerre
Soit à jamais maudite, et que l'Humanité,
Oubliant, pour toujours, les luttes de naguère,
Communie en un mot, un seul : Fraternité ! ».

Bon Voyage, Messieurs !

« Hindenburg prépare une savante retraite ».
(LES JOURNAUX, Avril 1917.)

Bon voyage, Messieurs ! Notre terre de France,
Qui, durant de longs mois, a connu la souffrance,
Et qui, sous votre botte, a gémi trop longtemps,
Vous voit enfin partir.... Voici de nouveaux temps :
Les bourgeons vont s'ouvrir, les fleurs vont apparaître,
Les oiseaux vont chanter, le printemps va renaître !

Bon voyage, Messieurs ! Nos villes libérées,
Après avoir subi l'horreur de vos curées,
Respirent longuement, et leurs gais carillons
Poursuivent, dans l'azur, le vol des papillons ;
Nos champs, nos prés, nos bois, notre belle nature,
Reprennent leurs couleurs, et leurs fraîche parure.

Bon voyage, Messieurs ! Si vous trouvez la route
Un peu longue, changez la retraite en déroute,
Et fuyez, fuyez vite ! On n'aura du soleil,
Et la brise plus douce, et l'horizon vermeil,
Que lorsque l'Aigle noir de vos cohortes sombres
Se sera, pour toujours, enfoncé dans les ombres....

Bon voyage, Messieurs ! La camaraderie
Ne peut pas s'accorder avec la barbarie....
Si la Guerre est terrible, elle peut, cependant,
Rester courtoise.... Hélas ! un soldat allemand
Ne sut jamais comprendre, en son âme de brute,
Qu'une lutte loyale est une noble lutte !

Bon voyage, Messieurs ! Voyez, sur votre tête,
Plane, sinistre augure, une ombre : la Défaite.
Et si vous avez cru que nous étions à bout,
Vous vous êtes trompés lourdement, voilà tout !
Partez donc, sans regret ; partez aussi sans gloire,
Riches d'ignominie, et pauvres de victoire !

Bon voyage, Messieurs ! La blonde Germanie
Vous réclame.... Elle souffre, elle entre en agonie....
Mais elle ne veut pas mourir sans vous avoir.
Partez donc : au plaisir de ne plus vous revoir !
Et, chez nous, le dédain remplacera la haine,
Quand vous aurez rendu l'Alsace et la Lorraine !

FANTAISIE

La Lettre du Soldat

Du front, ce......1917.

Voici quinze grands jours que je n'ai pas écrit ;
C'était l'ordre : au rapport, on nous l'avait prescrit.
Tu devais t'ennuyer, ma pauvre bonne mère,
D'un silence aussi long.... Que l'attente est amère,
Quand on ne reçoit plus de lettres des absents,
Et qu'on voit, dans la rue, au milieu des passants,
Le facteur qui chemine, en détournant la tête.
On s'effraie, et l'on pleure, et, surtout, l'on s'entête
A faire naître, en soi, des suppositions,
Que n'autorisent pas nos situations....
Car, en somme, on est bien, ici, dans la tranchée :
Ni trop froid, ni trop chaud, la carcasse cachée,
Bien nourri, — par ma foi ! j'entre dans le détail ! —
Et puis, convenons-en, pas beaucoup de travail.
Mais on a, quelquefois, ces canailles de Boches,
Qui commencent, le soir, — en ont-ils des caboches ! —
A nous contre-attaquer, quand on a, le matin,
Pris un bout de boyau : « boyaurus », en latin !
J'ajoute que, tout ça, c'est de la « rigolade »,
Et que, de ces brigands, on fait une salade,
Dont nos soixante-quinze, et tout le tremblement,
Pour notre grand plaisir, sont l'assaisonnement....

....Toutefois, chère mère, il faut rendre justice
A ces maudits coquins : véritable, ou factice,
Leur mépris du danger nous a, souvent, valu
Des mécomptes.... Mais, baste ! on s'en moque : un « poilu »
Ne craint, des Allemands, que l'odeur de leurs bottes,
Ou le contact graisseux des pans de leurs capotes.
.... A propos, j'oubliais : je vais avoir la croix.
Je n'ai jamais trop su comment s'est fait ce choix :
Car, dans la Compagnie, on est de vrais « troubades »,
Et je n'ai pas plus fait qu'aucun des camarades ...
.... C'est, peut-être, après tout, parce que, l'autre soir,
Pendant pas plus de temps qu'il n'en faut pour s'assoir
Et casser un croûton, près du poste d'écoute,
J'ai « cueilli » trois lascars, qui, n'y voyant trop goutte,
Se trompaient de secteur, et, comme des nigauds,
Rampaient tranquillement... Ce qu'ils étaient penauds !
« Trois prisonniers d'un coup, m'a dit le capitaine ;
Parfait : c'est la médaille ! » Etait-ce bien la peine ?....
....Mais, je termine, enfin. Pardonne ces deux mots,
Griffonnés à la hâte.... Embrasse les marmots,
Qui dorment près de toi.... Qu'ils sachent que leur frère
Se bat pour la Patrie.... Et toi, ma bonne mère,
Reçois mille baisers de celui qui se dit ;
Ton fils affectueux, ton « grand », toujours « petit »....

Les Gars Normands

Partout, on les a vus : en Alsace, en Belgique,
En Artois, en Champagne, aux camps de Salonique.
Vaincus à Charleroi, mais vainqueurs sur l'Yser,
Cognant, avec entrain, les soldats du Kaiser,
Toujours prêts à l'assaut, jamais à la retraite,
Tempêtant si la soupe, à l'heure, n'est pas prête,
Mais restant quatre jours, sans boire ni manger,
Quand il leur faut, sans trêve, affronter le danger....
.... Partout, on les a vus : calmes dans les tranchées,
Adroits sous les taillis, ardents aux chevauchées,
Ayant, de la mitraille, un souverain mépris,
Et préférant la mort, plutôt que d'être pris !

***

Ce sont les « gars » normands : ceux de la forte race,
Qui tient, dans notre Histoire, une si large place.
Autrefois, leurs aïeux, inspirant la terreur,
Bravèrent Charlemagne : et le vieil empereur,
« A la barbe fleurie », aussi grand que le monde,
Trembla dans son palais.... Puis, tel un flot qui gronde,
Et s'avance, écumant, les hordes de Rollon,
Sur notre sol gaulois, posèrent le talon....

.... Ce sont les « gars » normands, pleins de noble vaillance,
Les Fils des Conquérants de ce coin de la France,
Où la terre est fertile, et fécond le labour,
Où la vie est heureuse, où l'on chante l'amour !...

***

Ils furent des Héros : n'avaient-ils point l'exemple
Des Preux du temps jadis, dont les noms, sur le Temple
Où la Gloire s'incruste, ont d'éclatants reflets,
Parce que le plus humble accuse de hauts faits ?
Sans jamais se lasser, luttant, frappant sans trêve,
Cyclopes fabuleux de légende ou de rêve,
Dans leurs veines, coulait un sang riche et vermeil,
Et leurs yeux flamboyants reflétaient le soleil....
.... Ils furent des Héros : car ils avaient l'audace
Des vieux Rois de la Mer, dont le fantôme passe
Sur les flots en courroux, caressant les écueils,
Et visitant les Morts jusque dans leurs cercueils !....

Sur la Tombe d'un Héros

Sous ce titre, mon excellent ami, Henri Blondel, Directenr d'Ecole, à Yport, Seine-Inférieure, avait écrit une Elégie charmante, qu'il me communiqua.

Il s'agissait d'un enfant, priant sur la tombe de son père, héros de la grande Guerre, tué en Argonne.

L'idée était jolie, la forme exquise : le tout m'inspira.

J'ai donné une suite à l'élégie d'Henri Blondel, je suis heureux de la lui dédier.

(F. Bérard)

....
....
....

.... Ainsi priait l'enfant ; et, sur sa tête blonde,
Des papillons dansaient une folâtre ronde ;
Et des petits oiseaux, cachés sous les buissons,
Gazouillaient, à l'envi, de troublantes chansons ;
Et, là-bas, une cloche envoyait, dans l'espace,
Le grave tintement, qui frémit, et qui passe....
.... Ainsi priait l'enfant : et le héros martyr,
Au fond de son sépulcre, à l'instant, dut sentir
La terre plus légère, et moins froide sa couche ;
Car, s'il est, pour le Ciel, un langage qui touche,
Et plaise au Dieu puissant, c'est celui des bambins
Qui l'implorent, avec leurs yeux de chérubins....
.... L'enfant se releva.... Pensif, ainsi qu'un homme,

Il reprit son chemin, ce chemin qu'on ne nomme
Qu'avec un saint effroi, parce qu'en cet endroit
La bataille fut âpre ; et, dans le col étroit
Qui perce la montagne, et descend vers la Meuse,
Il disparut bientôt dans la clarté brûmeuse....
.... A mon tour, j'approchai de l'humble tumulus,
Et je parlai.... Là-bas, on sonnait l'Angelus....

LE POÈTE

Oui, repose en paix, Soldat de la France.
Tu fus un Martyr : mais c'est l'Espérance
Qui drape les plis de ton blanc linceul.
Et si le Destin, de sa main cruelle,
A marqué ton front, ta mort fut bien belle :
La Gloire te garde, et tu n'est point seul.

Les ombres du soir étendent leurs ailes
Sur ces frais endroits, et, toujours fidèles,
Couvrant ton chevet d'un épais manteau.
Comme l'Océan, dont la blanche écume
Argente les flots, quand, là-haut, s'allume
Chaque étoile d'or, on voit ton tombeau.

Ce tertre modeste, où naît, de ta cendre,
Le petit brin d'herbe, ou la mousse tendre,
De joyeux grillons, abritent les chœurs.
C'est le Panthéon de milliers de braves,
Qui n'ont point voulu voir leurs fils esclaves,
Et dont la grande âme enflamme nos cœurs.

Qu'importent les vents, les rudes tempêtes ?
Tu nous l'as prouvé : nos forces sont prêtes
A garder, intact, le sol des aïeux.
Contre l'ennemi, nous irons, sans crainte ;
Et s'il faut mourir, soit : sans une plainte,
Nous te rejoindrons, tout au haut des cieux.

Non, tu n'est point mort, soldat héroïque ;
Et si tu tombas, dans la lutte épique,
Il reste, de toi, ton noble Idéal.
C'est lui qui nous dit de suivre ta trace,
De nous montrer, tous, dignes de ta race,
De nous efforcer d'être ton égal.

Ne vivent-ils point, dans la grande Histoire,
Ces Hommes de bronze, enfants de la Gloire,
Rudes au combat, toujours généreux ?
Tu fus leur émule, et ton sacrifice
Fut digne du leur.... Sur le frontispice
Du Temple, ton nom est celui d'un Preux.

Lorsque les bœufs roux, tirant la charrue,
Passeront sur toi, ton âme, accourue,
Tout bas, leur dira : « Tracez le sillon
Qui doit recevoir la bonne semence ;
Nos enfants vivront de notre vaillance »....
Et que ce soit, là, leur seul aiguillon.

L'oiseau du soleil, la fière alouette,
Chante, dans l'azur, sa folle bluette,

Et, dans l'Infini, monte, lentement.
Elle emporte aux cieux, sur son aile grise,
Un peu de ton souffle, un rien, une brise,
Et, pour toi, Soldat, prie au firmament....

Je me tus.... La nature, un instant attentive,
Prêtait, à chaque objet, une allure pensive,
Et le soleil couchant semait à l'horizon,
Des pailles de feu sur le vert du gazon.
Près de moi, j'entendais la musique suave
D'un rossignol, roulant les notes de l'octave....
.... Et l'artiste sublime, exaltait, à son tour,
Les braves, endormis dans ce riant séjour.
Je partais. Il me dit : « O passant, reste encore,
Reste, pour écouter ce que, depuis l'aurore,
Jusqu'à la nuit obscure, au-dessus des tombeaux,
Chantent, pour nos chers morts, les tout petits oiseaux.
Nous sommes les élus de l'âme voyageuse,
Qui jalouse, parfois, notre aile audacieuse,
Pour franchir, aisément, les arides chaos,
Et, plus vite, goûter le suprême repos.
Ecoute donc : mon chant est une mélopée
Qui berce les Géants de la grande Epopée.
Les uns ont la Douleur, les autres ont l'Espoir ;
A tous, je dis : comme Eux, faites votre devoir.....
....
.... J'écoutais cette voix, sonore et frémissante,
Tantôt pleine de force, et tantôt caressante,
Ainsi que le baiser de l'abeille à la fleur.
Et je dus envier l'admirable siffleur,
Qui savait si bien rendre, avec tant d'éloquence,
Un hommage pieux aux Héros de la France !...

Pour nos Orphelins !

Poème dit, par l'auteur, à une Fête de Bienfaisance au profit de l'Œuvre des Orphelins de Guerre.
Saint-Romain-de-Colbosc.
Juillet 1917)

Voyez, autour de vous, ces chérubins tout roses
Ces oiselets craintifs, ces fleurs à peine écloses,
Beaux comme les Amours, frêles comme les blés,
Avec des yeux brillants, et les cheveux bouclés.
L'on dirait un essaim de papillons folâtres,
Mouchetant, de tons clairs, les pelouses verdâtres.
Ils vont, insouciants, et fixant le soleil,
Qui dore leur minois, et le rend plus vermeil.
Heureux enfants ! Leur âme ignore la détresse,
Et, dans leur jeune cœur, fermente l'allégresse.
Ils aiment les grands bois, et les champs, et les fleurs,
Et l'abeille qui vole, et les vives couleurs.
Ils chantent.... Leur voix fraîche, aux notes cristallines,
Fait doucement vibrer leurs lèvres purpurines.
Ils sont heureux.... Pourquoi ne le seraient-ils pas,
Alors que le Bonheur se lève sous leurs pas ?
....
.... Et cependant, là-bas, au logis, solitaire,
Une femme est en pleurs : celle-là, c'est la mère.
Dans un rude combat, l'homme a trouvé la mort.
Mais, courageusement, et d'un sublime effort,
En face des petits, elle retient ses larmes,

Et cache, aux innocents, ses mortelles alarmes.
Plus tard, ils connaîtront la suprême douleur ;
Plus tard, toujours plus tard, ils sauront.... le Malheur !
« Maman, quand reviendra notre bon petit père ?
— Il reviendra.... bientôt ! » répond la pauvre mère ;
Et le sanglot s'arrête, et la voix s'affermit,
Et la paupière tremble, et tout l'être frémit....
.... Ce « bientôt », c'est « jamais ! » Sur le champ de bataille,
Il dort, l'humble soldat, couché par la mitraille !
.... Ah ! qu'il est admirable, en sa simplicité,
Ce besoin de cacher l'atroce vérité
Aux blondinets mutins, dont les yeux de pervenche
Reflètent le ciel bleu.... le ciel bleu du Dimanche !

....

....

.... Mais la vie est pénible : et, parfois, la maman
S'apercevra, soudain, qu'il lui faut, en un an,
Dépenser beaucoup plus qu'on ne se l'imagine....
.... Riches, vous ignorez combien une bottine
Use rapidement, alors qu'il vous suffit
D'aller chez le bottier, sans implorer crédit ;
Vous ne saurez jamais comme un mètre d'étoffe,
A vingt ou trente sous, connaît la catastrophe,
Alors que vos habits de cent cinquante francs
Gardent la bonne coupe, et restent toujours blancs !
Vous ne soupçonnez guère, en voyant votre table
Abondamment garnie, en tous points désirable,
Que celle de la veuve et de son orphelin,
Peut-être, ne saura satisfaire leur faim....
.... Pitié pour eux, pitié !... Qu'une faible parcelle
De votre superflu sorte de l'escarcelle,
Et tombe, sans regret, dans la main qui se tend
Pour l'épouse éplorée, et pour le jeune enfant !...

.... Donnez, riches, donnez ! qu'au fin fond de votre âme,
Une voix naisse, et vibre, et s'élève, et vous clame
Votre devoir à tous, un devoir de bonté,
Qu'il est doux de remplir : celui de Charité !
. .. Conservez aux bambins leur folle insouciance,
Et faites que, toujours, ils trouvent leur pitance....
.... A nos Héros martyrs, restez reconnaissants ;
Et, pour ceux qu'ils aimaient, soyez compatissants....
..., A tous ces êtres chers, épargnez la souffrance :
Soyez les protecteurs des Orphelins de France ! !

---

11 NOVEMBRE 1918

Te Deum, laudamus !

Le Monde a tressailli d'une sainte allégresse :
L'Angelus de la Paix, le divin Angelus,
S'élance dans les airs, et, doucement, caresse
Les brises du matin..., Te Deum, laudamus !...
....
....
Depuis quatre ans, la Mort planait sur les décombres,
Et de hideux corbeaux tournoyaient dans les ombres
D'un sinistre charnier.... Chaque jour, le soleil,
Tragique, se levait à l'horizon vermeil,
Non plus pour éclairer les paisibles campagnes,
Le feuillage des bois, la neige des montagnes,
Mais des champs de bataille, où les cris déchirants
Des blessés se mêlaient aux râles des mourants.
.... Et quand venait le soir, quand s'allumait l'étoile
Au fond du firmament, de la terre, un grand voile
Montait jusqu'aux cieux : voile immense de deuil,
Funèbre draperie au-dessus d'un cercueil !...
.... Quatre ans.... longs comme un siècle !... où la Parque jalouse
Disputait à la mère, à la sœur, à l'épouse,
L'être cher, qui, là-bas, au fond de quelque val,
Succombait en Héros, pour un noble Idéal !...

Qui donc l'avait voulue, implacable, cruelle,
Cette Guerre maudite ?... O France, toi si belle,
Si douce, si féconde, ô Pays généreux,
Où l'on chantait l'Amour, où l'on vivait heureux,
Devant l'Humanité, France fière et puissante,
De ce Crime sans nom, tu restes innocente ! !...

....
....
....

.... Femmes, séchez vos pleurs : les flèches, au carquois,
Reposent, et la poudre, enfin ! n'a plus de voix.
Le rameau d'olivier frissonne sur les tombes ;
Un carillon succède au glas des hécatombes :
Un carillon de fête, aux arpèges vainqueurs,
Qui vibre dans l'azur, et frémit dans les cœurs.
Plus de plaintes ! Les morts sont vengés ! La victoire,
Qu'ils forgèrent, sur Eux, pose un dôme de Gloire :
Et, dans le Temple saint, où l'on parle de Dieu,
Si vous allez leur dire un éternel adieu,
Leur âme, avec l'encens, vous étreint, vous pénètre,
Elle se fond en vous, s'empare de votre être ;
Et, mystère de Foi, d'Espérance ou d'Amour,
A la nuit, rayonnant l'aurore d'un beau jour,
Elle accroche, au sommet de la voûte de pierre,
Le radieux Flambeau, l'ineffable Lumière,
Qui réchauffe, console, et donne, au Souvenir,
Sa forme la plus pure : admirer, et bénir !...
.... Plus de larmes ! Soyez, Femmes de notre France,
Fortes comme ceux-là, qui, domptant la souffrance,
Ont, jusqu'au dernier souffle, et pour l'Humanité,
Marché du Sacrifice à l'Immortalité !...

....
....

.... Chantez, cloches, chantez le Cantique des Grâces,
Qui jaillit de la Terre, et franchit les Espaces :
Hymne reconnaissant, ô sublime Angelus
De Libération.... Te Deum, laudamus !...

Le Châtiment

Guillaume de Hohenzollern serait devenu fou.

(LES JOURNAUX, Janvier 1920)

.... O Dieu ! que je suis las !... Depuis de longues nuits,
Je ne dors plus.... je songe.... et j'entends mille bruits :
Des sanglots, des soupirs, des plaintes déchirantes,
Des imprécations, des voix d'âmes errantes
Qui clament, aux échos de ce triste palais,
De funèbres appels !... De macabres ballets
Passent devant mes yeux : et j'aperçois, dans l'ombre,
Se détachant des murs tendus de velours sombre,
Un long cortège blanc de spectres accouplés
Qui dansent une ronde !... Et tous mes sens, troublés
Par cette vision d'Horreur et de Tragique,
Me donnent le spectacle, effroyable et magique,
De squelettes hideux drapés dans leur linceul !...
Et puis, tout disparaît : je me retrouve seul !...
....
...Vais-je, enfin, reposer ? Tous ces morts, en leur bière,
Rentrent-ils ?... Le sommeil alourdit ma paupière...
Je sens venir l'Oubli !... Sur le mol oreiller,
Mon front brûlant se pose... Ah ! ne plus s'éveiller !
Ne plus penser, jamais ! Fuir la lente agonie
Des affreux cauchemars !... Quand cette heure bénie
Sonnera-t-elle ?... Hélas ! Je l'attends, mais en vain !
L'Espoir s'évanouit !... Seul, un pouvoir divin
Pourrait, sans nul effort, écarter, de ma couche,
Ces rêves, ces tourments, cette horde farouche

De fantômes vengeurs... Mais je suis un Maudit :
Et Dieu, dans son courroux, au coupable, au bandit,
Refuse le Pardon, quand sa juste sentence
Estime que le Crime appelle Pénitence !!!...
....
....
... Qui marche-là ? qui vient ? quelle est donc cette voix,
Qui s'enfle, qui menace ?... Elle commande : « Vois
Ces ruines, ces deuils, qui furent ton ouvrage ;
Ce n'est point la tempête, un ouragan, l'orage.
Ce n'est point la Nature, aux fantasques ébats,
Mais le fer, et le feu, la rage des combats,
Qui firent s'écrouler ces églises, ces temples,
Ces châteaux, ces logis, qu'aujourd'hui tu contemples,
Peut-être, avec regret, mais qu'en premier acteur,
D'un drame monstrueux, tu te fis destructeur.
Regarde autour de toi, regarde : c'est ton œuvre !...
Comme les bras visqueux d'une géante pieuvre,
Qui s'allongent, grattent, effritant les rochers
Sur les plaines de Flandre, où de coquets clochers
Sortent de la verdure au pied de quelques mares,
Tes hordes ont passé : tes hordes de barbares,
Ivres de vin, de gloire, ivres de sang vermeil,
Tes hordes de damnés ! ».......... ....
....O Dieu ! que j'ai sommeil !
Et je ne puis dormir... Une lueur intense
Eblouit mes regards... Je la vois, à distance,
Et puis qui se rapproche, accourt, semble ramper,
Rapidement, vers moi... Va-t-elle envelopper
La couche où je m'agite, et m'étreindre moi-même ?
Pardonnez-moi, vous tous, en cet instant suprême ! ..
Je suis perdu... je meurs !... Ah ! je m'effraie en vain :
Ce feu, c'est le reflet des flammes de Louvain,

C'est Arras, et c'est Reims, qui, tour à tour, s'embrasent,
C'est l'Art et la Beauté, qui, dans le sang, s'écrasent !...
.. Tout s'éteint...C'est fini. Plus rien devant mes yeux...
Mais de blanches clartés illuminent les cieux
L'ombre s'évanouit... l'atroce nuit s'achève.
J'ai moins peur...je renais...un jour nouveau se lève !...

Le Carillon de la Victoire

Joyeux Carillon, plane dans l'Espace
Baigné de grand jour ;
Egrène au nuage, à l'oiseau qui passe
Tes notes d'Amour.

Caresse les champs, les bois, la verdure,
L'horizon vermeil ;
Frissonne au Zéphir, chante à la Nature
Souris au soleil.

Apaise l'Effroi, les sombres alarmes
De l'âpre Douleur ;
Monte jusqu'au Ciel, efface les Larmes,
Chasse le Malheur,

Sonne, Carillon de la vieille France,
Bronze glorieux ;
Emplis l'Univers de Foi, d'Espérance ;
Vibre, radieux.

Ta Voix, c'est l'Echo de notre Victoire,
Les accents guerriers
De la Marseillaise, un peu plus de gloire,
De nouveaux lauriers !...

DEUXIÈME PARTIE

Le Château de Coucy

(PRIX FOLLOPPE, 1918)

Le Château de Coucy

Vers l'an douze cent trente, Enguerrand de Coucy,
Qui, jamais, « ne fût roi, ne duc, ou comte aussy »(1),
Mais qui, des féodaux de notre vieille France,
Avait le plus d'audace et le plus d'arrogance,
Au demeurant, loyal, généreux, bon chrétien,
Quoique sacrant ainsi qu'un diable ou qu'un païen,
Puissant sire Enguerrand fit bâtir, sur sa terre,
Un superbe castel, grand comme un monastère,
Avec de grosses tours, un donjon menaçant,
Des créneaux, des épis... Là-haut, resplendissant
Sous les feux du soleil, l'invincible bannière
Des barons de Coucy flottait, joyeuse et fière...
... Qu'il devait être étrange, et beau tout à la fois,
Au temps des échevins, des chartres, des beffrois,
Ce château de Coucy, dominant la vallée..
... Il me semble le voir, au temps de la feuillée,
Avec le dur granit de ses épais remparts,
Et sa herse de fer aux dents de braquemarts,
Avec son pont-levis jeté sur un abîme,
Et ses deux corps de garde, et la cour qui s'anime
Quand sonne l'olifant, et ses mâchicoulis,
Où, l'hiver, en sifflant, passent les vents coulis...

---

(1) Telle était la devise des chefs de la maison de Coucy :

« Roy ne suis,
Prince ne daigne, ou ducque, ou comte aussy,
Mais suis syre de Coucy »

... Il me semble le voir, avec ses meurtrières
Protégeant l'échauguette, avec ses poivrières
Trouant chaque nuage, et ses hourds, ses corbeaux
Et l'eau de ses fossés, où de rares barbeaux
Se cachent, au matin, dans la noire lézarde
Quand l'horizon se teint d'une clarté blafarde...
... Il me semble le voir, au grand jour du tournoi
Rempli de mille bruits, les chevaux en arroi
Chamarrés de drap d'or, des varlets sur les pistes,
Des pages caquetant avec des caméristes,
Et la folle jeunesse avec ses cris joyeux,
Et la docte vieillesse aux discours ennuyeux,
Et les rudes joûteurs tout prêts à la bataille,
Et l'armure qui brille, et le bouffon qui raille...
... Je crois le voir encor, quand la neige a couvert,
De son froid manteau blanc, le tendre tapis vert,
Et qu'au-dessus des champs, où plane la tristesse,
Il paraît, sur les flots, un navire en détresse.
C'est alors qu'en buvant des coupes d'hydromel
Auprès d'un grand feu clair, pendant qu'un ménestrel
Chante des lais d'amour, ou qu'un jongleur habile
Cingle son ours savant d'une lanière agile,
Le maître de céans se prend à rêver, seul,
Et, tout distrait, caresse un folâtre épagneul...
... Je crois le voir, enfin, contre la forêt brune,
Tel qu'on l'apercevait, par les beaux soirs de lune,
Quand sa masse imposante écrasait le coteau,
De son poids formidable, et, qu'auprès du château,
La chaumière rustique, ou la petite église,
Abritaient leur faiblesse au pied de son assise.
Au loin, vous eussiez dit, sous la pâle clarté
Tombant du ciel serein, une vaste cité,

Confiante en sa force, endormie et paisible,
Avec un seul veilleur, sentinelle impassible,
Qui, là-bas, au sommet du monstrueux donjon,
Parfois, cogne sa lance au fer de l'haubergeon...

***

.. Les siècles ont passé. L'orgueilleuse noblesse,
Des révolutions, a connu la caresse :
Uue caresse rude, où la main du bourreau
Fit les frais, du grand prince au petit hobereau,
De Nemours [1] à Saint-Pol [2], à ceux de la Gironde [3],
A Chalais [4] qui sourit, à Chapelles [5] qui gronde...
Qu'il soit duc, ou marquis, ou prélat, ou maraud,
L'homme est égal à l'homme au pied de l'échafaud...
... Les siècles ont passé. Sur le globe les guerres
Ont meurtri les palais, et fracassé leurs pierres.
Les castels, et leurs tours, leurs épis, leurs remparts,
Et leurs fossés fangeux, leurs mille traquenards,
Et leur aspect terrible, et leur splendeur immense,
Tout cela, sous le feu s'est trouvé sans défense.
Quand la gueule béante et noire des canons
Menace de vomir, sur l'écu des pennons,
Sa rafale de fer, quand l'éclair de la poudre
Fait retentir, au loin, les éclats de sa foudre,

---

(1) Nemours (Jacques d'Armagnac, duc de), exécuté sous Louis XI (1437-1477).

(2) Saint-Pol (Louis de Luxembourg, comte de), exécuté également sous Louis XI (1418-1475).

(3) Les députés girondins, la plupart de petite noblesse, exécutés sous la Terreur.

(4) Chalais (Henri de Talleyrand, comte de), exécuté sous Louis XIII (1599-1626).

(5) Chapelles (vicomte des), exécuté également sous Louis XIII (1598-1627).

Quand le boulet rougi, flamboyant, vient heurter
La solive massive, et la fait éclater,
C'est tout le Moyen-Age, et sa riche sculpture,
Et sa Force magique, et son architecture,
Et mille ans de hauts faits drapés dans leur dédain,
Qui s'écroulent, vaincus par le progrès humain !...
... Les siècles ont passé. Sous le lierre, et les mousses,
Qui l'habillent de vert, avec des taches rousses,
Le château de Coucy se dresse mutilé,
Mais formidable encor. Son donjon crénelé,
Dont la pierre grisâtre et les épaisses fronces
Emergent d'un fouillis de feuilles et de ronces,
Conserve son aspect de farouche beauté,
Pleine de grâce altière, et de virilité.
De-ci, de-là, des trous, de profondes entailles,
Disent, aux étrangers, qu'autrefois, des batailles,
En ces lieux, firent rage ; et la herse de fer,
Digne de décorer l'antre de Lucifer,
Semble attendre, au-dessous du porche qui l'abrite,
L'ordre de s'abaisser sur le grès qui s'effrite...

***

La vieille diligence, au tournant du chemin,
S'arrête. Les chevaux soufflent. Par ce matin
De mai resplendissant, tout baigné de lumière,
Où monte, du vallon, la brise printanière,
Où, dans les peupliers, gazouillent les pinsons,
Qu'il fait bon voyager ! La route de Soissons
Serpente vers Chauny, traverse des villages,
Contourne des bosquets, ou de riants cottages,
Et puis, soudain, se heurte aux touffes de genêt,
Qui bordent le talus de la grande forêt.

C'est alors qu'apparaît, en un décor magique,
L'énorme forteresse, admirable relique
D'une époque lointaine .. Et quand le conducteur
De l'antique patache, au fond piètre amateur
Des choses du Passé, cingle ses rossinantes,
Et repart, en sifflant des rondes entraînantes,
Demandez-lui le nom de ces ruines-ci...
D'un ton indifférent, il dira : « C'est Coucy » !...
....
....

***

« Ruines », soit ; mais ceux qui les ont admirées
Voulaient, que, pour chacun, elles fussent sacrées.
A leur ancien aspect d'orgueilleuse splendeur,
Succédait un cachet de sublime grandeur.
De notre vieille France, elles disaient la gloire.
Elles représentaient sept cents ans de l'Histoire !...
... Ces fantômes de pierre, aux stigmates béants,
Abritaient, autrefois, des âmes de géants,
Dont ils avaient gardé, dans leur coupe sévère,
La force souveraine, et l'attitude austère...
... « Ruines », dites-vous ? Mais ces ruines-là,
Si belles, sous les cieux, que pas même Attila,
Sorti de son tombeau, n'eût voulu les détruire,
Voyaient, chaque matin, quand le soleil va luire,
Leurs sommets s'embraser de lumineux faisceaux,
Et des ors flamboyer au fond de leurs arceaux !
... Et quand le vent soufflait, quand grondait la tempête,
Il passait, en ces lieux, comme des airs de fête ;
Car, au bruit de la foudre, ombres des chevaliers,
Vous surgissiez soudain, dessous vos boucliers ;

Et, comme au temps jadis, agitant la flamberge,
Vous chantiez un cantique à Madame la Vierge !...
... Ces « ruines » étaient, dans leur simplicité,
Un flot de souvenirs, un Temple de Beauté,
Une évocation des paladins antiques
Un tableau merveilleux, plein de clartés magiques,
Une étoile brillante au sombre firmament
D'un joyau de grand prix le plus pur diamant,
Au milieu d'un parterre une gerbe de roses,
Et, sur le vert gazon, des gouttelettes roses...
... Elles étaient encore une noble leçon
De force et d'endurance ; et si, pour la rançon
Des erreurs du Passé, leurs tourelles branlantes
Semblaient prendre, parfois des poses repentantes,
Elles restaient debout, sous la pluie et le vent,
Calmes dans la tourmente, et, fières, la bravant !...
... Au sein de la bataille, au plus fort des mêlées,
Toujours narguant la Mort, toujours inviolées,
Les pierres du château d'Enguerrand de Coucy
Disaient aux combattants : « Nous resterons ici ! »...

*
* *

Hélas ! il vint un jour, où des nuages sombres
Parurent au ciel bleu... Sur la terre, des ombres,
Ainsi qu'un froid suaire au dessus d'un cercueil,
Etendirent, soudain, de longs voiles de deuil...
... De déchirants appels, des sanglots, et des larmes,
Se mêlèrent, bientôt, au froissement des armes...
... Une guerre nouvelle, une terrible guerre,
Plus atroce, cent fois, que celles de naguère,
Un choc épouvantable, un frisson de terreur,
S'abattit sur le Monde, et répandit l'Horreur...,

... Rien ne fut épargné, pas même l'Innocence !
Il semblait, cette fois, qu'un souffle de démence
Entraînait l'agresseur à braver l'Univers !...
Cédant sans retenue, à ses instincts pervers,
Lâche en face des Forts, mais devant la Faiblesse,
Arrogante, et cruelle, et pleine d'allégresse,
La horde germanique, ainsi qu'un ouragan,
Passa, dévastatrice... Alors que le volcan,
Dans ses sourdes fureurs, sa colère indomptable,
Arrête cependant sa lave redoutable
Aux portes de la ville, et détourne son cours,
Alors que dans leur vol, les rapaces vautours
Planent sur les cités, mais n'osent point s'abattre
Sur la foule qu'ils voient paisiblement s'ébattre,
Alors que l'océan fendille les rochers,
Mais berce sur les flots les esquifs des nochers,
Plus aveugle en sa rage, et plus impitoyable
Que le volcan qui gronde, et rugit, formidable,
Plus avide de sang que les vautours hideux,
Qui passent, dans le soir, sinistres et honteux,
Plus sourde à la Pitié que l'océan sauvage,
Dont l'écume blanchâtre argente le rivage,
L'Allemagne barbare entreprit, par le fer,
D'épouvanter le Ciel, et d'étonner l'Enfer !...
... Des ruines, partout, se sont amoncelées
Sous les pas des Teutons... Dans les nuits étoilées,
Quand la lune blafarde, aux pentes des coteaux,
Accroche des foyers de flammes en faisceaux,
L'on voit se cramponner, à la roche moussue,
Une pauvre tourelle, un tantinet bossue,
Un logis sans toiture, un grenier sans chevrons
Un calvaire abattu, des arbres sans fleurons,

Dont l'obus a fauché la cime tutélaire,
Et, là-bas, une église, où le Peuple, en prière,
Ne retrouvera plus les marbres des autels,
Et des briques en tas, qui furent des castels,
Et la morne tristesse, et l'âpre solitude,
Et les clartés des cieux pleines de lassitude !...

....

Ecoutez cette voix : c'est la douce chanson
Que jette dans l'espace, un mignonnet pinson.
Des choses, tristement, elle dit la Souffrance :
Mais elle n'ôte pas, de nos cœurs, l'Espérance.
Sur un rythme bizarre, et quelquefois plaintif
Comme une ode berceuse et lente de captif,
Ou vibrant tel un hymne à la nuit étoilée,
Elle exhale, en ces lieux, sa poésie ailée.
Le martyre de Reims, de cent autres cités,
Et les destructions, et les iniquités,
L'infernal tourbillon, la clameur furibonde,
Les larmes de Louvain, les sanglots de Termonde ;
Voilà ce qu'elle dit, la chanson de l'oiseau...
... Mais elle dit aussi que le faible roseau
Plie et ne se rompt point, que, sous la froide cendre,
Couve le feu vivace, et qu'une rose tendre
Naît de la rude épine... Un rayon de soleil
Ramène, dans le noir, un horizon vermeil !..

***

... O Messire Enguerrand, vous, dont la dure écorce,
Symbole de Fierté, de Vaillance, et de Force,
Voulut, pour s'abriter, un logis somptueux...
Vous, qui fûtes loyal, probe, respectueux

Du Droit de vos voisins, mais qui sûtes défendre
L'intégrité du vôtre... O vous, si bon, si tendre
Pour la veuve, l'enfant, le débile vieillard,
Et si rude lutteur, si terrible à l'égard
Des fourbes, des méchants, de la maudite engeance...
... Vous, dont l'âme de bronze ignora la vengeance,
Hormis quand elle fut le juste châtiment
Du lâche ou du félon... Vous, qui fîtes serment,
Au jour, trois fois sacré, de la chevalerie,
De servir votre Dieu, votre Roi, la Patrie.
Et qui tîntes, toujours, ce serment solennel,
Sans jamais y faillir... O vous, dont le castel
Avait, jalousement, conservé la mémoire,
En mettant, sur la pierre, un peu de votre gloire...
Vous, enfin, l'Orgueilleux, l'Indomptable, le Fort
En ce monde, narguant, et la Vie et la Mort,
N'avez-vous point frémi, dans la couche rigide,
Où, depuis si longtemps, vous reposez, livide,
Alors que, dans la plaine, et sur les verts coteaux,
Dans le vallon tranquille où paissent les troupeaux,
Dans la vaste forêt que vous avez aimée,
S'avançait, redoutable, une puissante armée
De reîtres, de bourreaux, sans scrupules, sans foi,
Semant, sur son passage, et la honte, et l'effroi ?...
...Si Dieu l'avait permis, n'est-il point vrai, Messire,
Que vous seriez sorti de la tombe, un sourire
Aux lèvres ?... Et, marchant contre les assaillants,
La rapière à la main, les regards flamboyants,
Tel vous fûtes toujours, superbe et plein d'audace,
Vous eussiez, à vous seul, écrasé cette race
De barbares sans nom, de funestes hiboux,
De vandales, vomis par l'Enfer en courroux !...
....

*
* *

Lorsque vous passerez en ces lieux isolés,
Autrefois si riants, aujourd'hui désolés,
Quand vous cheminerez sur la route poudreuse
Qui longe la forêt, quand la biche peureuse,
Légère, s'enfuira derrière le rocher,
C'est en vain que vos yeux chercheront le clocher
De la vieille chapelle, où la foule, croyante,
Aux fêtes, se pressait, naïve et confiante.
Vous ne trouverez plus, dominant le vallon,
L'orgueilleux mutilé, qui narguait l'aquilon,
La noble forteresse, où le Passé magique
Gardait dans le présent, son caractère épique,
Et devait resplendir, jusque dans l'Avenir :
Le Château de Coucy n'est plus qu'un souvenir !...
....
....
... Coucy n'est plus : mais, là, sur l'îlot qui s'avance,
S'élève un souffle ardent de force et de vaillance.
Les ruines, hélas ! ont péri : mais leur âme,
Immortelle toujours, sur leurs décombres, clame,
Aux échos des grands bois, de la plaine, des monts,
Les Gloires d'autrefois, et les Espoirs féconds !...

TROISIÈME PARTIE

Quelques Poèmes

La Chanson du Proscrit

LE POÈTE

Proscrit, regarde les roses :
Mai, joyeux, la sève en pleurs,
Les reçoit, à peine écloses ;
Proscrit, regarde les fleurs...

LE PROSCRIT

Je pense
Aux roses qui m'ont charmé.
Le mois de mai, sans la France,
Ce n'est pas le mois de mai...

(V. Hugo.)

Aux prisonniers de guerre...

LE POÈTE

Proscrit, regarde la plaine,
Sous le soleil radieux,
Aussi belle qu'une reine.
Proscrit, regarde les cieux.

LE PROSCRIT

Je pense
Aux plaines de mon pays.
Les cieux d'azur sans la France,
Ne sont pas les cieux chéris...

LE POÈTE

Proscrit, vois cette hirondelle,
Légère ainsi qu'un roseau,
Qui s'enfuit, à tire d'aile...
Proscrit, regarde l'oiseau.

LE PROSCRIT

Je pense
A l'oiseau des heureux temps.
L'hirondelle sans la France,
Ce n'est pas le gai printemps...

LE POÈTE

Proscrit, ton âme est meurtrie,
Et ta voix a des sanglots.
Pourquoi pleurer la Patrie,
Alors que chantent les flots ?

LE PROSCRIT

Je pense
Au rivage si lointain
De ma belle et douce France,
Que mes yeux cherchent en vain...

Les deux Rubans

L'ENFANT

Petites sœurs d'Alsace, autrefois, le sourire
Effleurait rarement vos lèvres... Vous aviez
Des larmes dans les yeux... Voudriez-vous me dire
Pourquoi, dès à présent, vous chantez, vous riez ?

L'ALSACIENNE AU RUBAN TRICOLORE

Ami, c'est qu'autrefois, nous étions des proscrites ;
L'Allemand nous avait enchaînées à sa Loi.
Notre beau ciel d'azur était sombre, et nos sites
Les plus clairs se voilaient d'une teinte d'effroi.

L'ALSACIENNE AU RUBAN NOIR

C'est qu'autrefois, Enfant, des Vosges verdoyantes
Au Rhin majestueux, sur ces prés, dans ces champs,
Où l'on voit, en été, les moissons ondoyantes,
Une angoisse profonde a fait taire nos chants.

L'ENFANT

Oui, vous avez souffert ; et le rude esclavage,
Sur votre épaule frêle, a pesé lourdement.
Mais vous aviez l'Espoir : et la horde sauvage
A repris le chemin de son terrier fumant.

L'ALSACIENNE AU RUBAN TRICOLORE

C'est pourquoi nous voici, l'une et l'autre, rieuses,
Confiantes enfin, regardant l'avenir
Avec sérénité. Les heures glorieuses
Effacent, du Passé, le triste souvenir.

L'ALSACIENNE AU RUBAN NOIR

C'est pourquoi le soleil a mis, sur nos visages,
Un peu plus de clarté : c'est pourquoi notre cœur
Se dilate à l'Espoir... Là-bas, dans les bocages,
Un oiseau printanier chante un hymne vainqueur.

L'ENFANT

Je comprends votre joie : et la nôtre fut grande,
Lorsque, sur le clocher du Münster de Strasbourg,
L'Aigle noir, s'enfuyant vers le fond de sa lande,
A fait place au vieux Coq de la Gaule, un beau jour !

L'ALSACIENNE AU RUBAN TRICOLORE

Oh ! certe, il fut bien beau, ce jour de la victoire,
Où l'Alsace enchaînée a vu tomber ses fers,
Où l'aube du matin fut une aube de gloire,
Où les bourreaux, vaincus, revinrent aux Enfers.

L'ALSACIENNE AU RUBAN NOIR

Ce jour-là terminait notre atroce souffrance ;
L'allégresse pansait la blessure des dards ;
L'Alsace retournait à sa mère la France,
Et l'ombre de Kléber couvrait nos étendards !...

L'ENFANT

Je voudrais bien savoir, petites sœurs d'Alsace,
Pourquoi, sur ses cheveux; l'une de vous a mis
Ce large ruban noir, où la tristesse passe,
L'autre ce nœud d'étoffe au joyeux coloris ?

L'ALSACIENNE AU RUBAN NOIR

Je suis, moi, le Passé. Si tu me vois heureuse
D'être libre à jamais, je ne puis oublier
Cinquante ans d'esclavage : ô chaîne douloureuse,
Sous le poids de laquelle il me fallut plier.

L'ALSACIENNE AU RUBAN TRICOLORE

Je suis, moi, le Présent. La joyeuse cocarde
Symbolise mon âme : et ses vives couleurs,
Quand je passe là-bas, et lorsqu'on me regarde,
Sèment, sur mes cheveux, des corolles de fleurs.

L'ENFANT
(à l'Alsacienne au ruban tricolore)

Garde donc ce symbole, et reste l'Espérance,
Petite sœur d'Alsace : il sera ta beauté.

(à l Alsacienne au ruban noir, et lui remettant un drapeau tricolore)

Toi, prends ceci, sœurette : image de la France,
C'est l'emblème sacré de notre Liberté !...

La Grande Histoire

LA SŒUR AINÉE

Frère, qui fis la guerre, et qui vis tant de choses,
Raconte-nous, veux-tu, quelque combat bien beau.
Nous avons, ce matin, cueilli de fraîches roses :
Nous te les offrirons, épinglées au drapeau.

LA SŒUR CADETTE

Oh ! oui, raconte-nous quelqu'un de ces faits d'armes,
Qu'on écrit, dans l'Histoire, en grandes lettres d'or :
De ceux qui rendent fiers, et font couler des larmes ;
De ceux que l'on répète, et l'on répète encor...

LE GRAND FRÈRE

Chéres petites sœurs, la guerre fut cruelle,
Et je ne voudrais pas attrister vos yeux clairs...
... Et puis, dans tout combat, c'est l'histoire éternelle
De l'acier qui frémit, et des sombres éclairs.

LA SŒUR AINÉE

Le canon qui rugit, les flamboiements d'épée,
La honte des vaincus, la gloire des vainqueurs :
C'est avec tout cela, qu'on écrit l'Epopée...
... C'est la chanson sublime, où s'élèvent les cœurs !

LA SŒUR CADETTE

Oui, la Guerre est maudite ! Et cependant, mon frère,
Elle nous a conquis la sainte Liberté,
Qui monte vers le Ciel, ainsi qu'une prière,
Et qui donne naissance à la Fraternité !

LE GRAND FRÈRE

De l'Alsace à l'Yser, les pages de l'Histoire
Sont pleines de hauts-faits ; et, sur l'immense front
Où voltigea la Mort, où rayonna la Gloire,
Ce que nous fûmes, nous, d'autres vous le diront.

LA SŒUR AINÉE

D'autres ? lesquels ?...

LE GRAND FRÈRE

... Ceux-là, dont les nobles pensées,
Sous une plume ardente, et d'un cœur généreux,
Ont exalté, déjà, les actions passées,
Et chanteront, plus tard, les actes valeureux.

LA SŒUR CADETTE

Frère, c'est vrai : l'Histoire a des pages bien belles :
C'est avec votre sang que vous les écrivez...
... Mais, parmi celles-là, les plus belles sont celles
Qui montrent, aux aînés, que vous les égalez.

LE GRAND FRÈRE

Nous avons du Guesclin...

LA SŒUR AINÉE

... Nous avons Foch, et Joffre.

LE GRAND FRÈRE

Que dire de Bayard ?...

LA SŒUR CADETTE

... Et du vieux Castelnau ?

LE GRAND FRÈRE

Je vous cite des noms...

LA SŒUR AINÉE

... Moins que je ne t'en offre...

LE GRAND FRÈRE

... Et Turenne ?... et Condé ?...

LA SŒUR CADETTE

... Pétain... Fayolle... Pau !...

LE GRAND FRÈRE

J'omets Napoléon : aucun ne lui ressemble.

LA SŒUR CADETTE

Comme lui, vous avez chassé tous les bourreaux.

LE GRAND FRÈRE

Allons, petites sœurs, soyons justes, ensemble,
Et disons que la France enfante les Héros.

LA SŒUR AINÉE
(présentant au grand Frère, un drapeau tricolore, sur le drap duquel sont épinglées des fleurs)

C'est pourquoi nous t'offrons la juste récompense :
Ces roses, ce Drapeau qu'on aime tant à voir.

LA SŒUR CADETTE

Sois à jamais béni, petit Soldat de France...

LE GRAND FRÈRE
(prenant le Drapeau)

Sœurettes, c'est pour Lui que j'ai fait mon Devoir !...

TABLE

PREMIÈRE PARTIE

Glanes dans l'Epopée

DEUXIÈME PARTIE

TROISIÈME PARTIE

Quelques Poèmes